MEMENTO!

NOCTURNE

MEMENTO!

NOCTURNE

DÉDICACE

Quand j'écrivais ces vers j'avais encor mon père :
Hélas ! depuis ce temps des larmes ont coulé !
Le deuil est trop récent, la douleur trop amère
Pour qu'un secret du cœur puisse être dévoilé !

Je n'entreprends donc pas l'éloge de sa vie :
Un fils n'a pas ce droit; le silence est son lot.
Mais ceux qui l'ont connu diront, sans flatterie,
Que pour lui la vertu ne fût pas un vain mot !

Je viens lui dédier un tableau de famille
Que je n'avais pas pu lui placer sous les yeux.
Je ne m'inquiète pas si l'élégance y brille ;
Si la forme a son prix, le sentiment vaut mieux.

— A. B.

Soussans, le 2 mars 1875.

MEMENTO !

NOCTURNE.

> Le jour à son déclin rembrunit la vallée,
> Lé soleil s'est couvert d'un grand rideau de feu :
> Prions !... oh ! la prière au bord d'un mausolée
> Est le plus pur encens qu'on puisse offrir à Dieu !
>
> E. M.

LA MUSE.

Jeune homme, que ton chant se voile de tristessse,
Il ne me faut ce soir que de plaintifs accords !
La nature est en deuil, l'heure de la détresse
A sonné dans les airs ; chante l'hymne des morts.

C'est le temps des frimas : la bise de l'automne
Jette au milieu des pins son sourd bourdonnement ;
La forêt lui répond par un cri monotone,
Et l'homme se sent pris du découragement !
L'ombre marche, grandit.. dans l'horreur des ténèbres
Tu vas être plongé comme au jour du trépas ;
Ecoute ces sanglots et ces clameurs funèbres,
Mais je viens à ton aide, enfant, ne tremble pas.

Les sépulcres blanchis s'entr'ouvrent à cette heure,
Et les morts, s'arrachant à leur triste demeure,
Reviennent ici-bas, plaintifs, à deux genoux,
Pour prier d'apaiser le céleste courroux.
Une langue de feu sur chaque mausolée
Eclaire en son réveil une âme désolée ;
L'on voit dans les sentiers, sous des suaires blancs,
Des fantômes pousser de longs gémissements ;
Le pauvre bûcheron regagne sa chaumière
En murmurant tout bas une ardente prière :
Au loin les voluptés, les rêves, les désirs,
Le passé se redresse avec ses souvenirs !

Jeune homme, que ton chant se voile de tristesse,
Il ne me faut ce soir que de plaintifs accords ;
La nature est en deuil, l'heure de la détresse
A sonné dans les airs ; chante l'hymne des morts.

LE CROYANT.

Quelle est cette voix
Qui me trouble l'âme ?
Oh ! qui que tu sois,
Démon, ange ou femme,
Réponds, réponds-moi,
Je tremble d'effroi.
Ma bonne
Madone,
Vieus me protéger,
Ma bonne
Madone,
Contre le danger !

LA MUSE.

Repousse loin de toi ces terreurs chimériques,
L'hymne du souvenir est parfois consolant :
Viens, tu vas rencontrer quelques voix sympathiques,
Lève les yeux au ciel avec recueillement !

LE CROYANT.

Je sens que par degrès je reprends mon courage ;
La confiance renaît ; mon cœur s'est raffermi,
La franchise du ton, la douceur du langage
Montrent que son auteur n'est pas un ennemi.

LA MUSE.

Ami, quand je laissai ma dépouille mortelle
Je n'étais pas au bout de mon premier printemps ;
Il m'a fallu quitter la maison paternelle
Sans avoir pu connnaître un seul de mes parents.

Pourtant je les aimais dans mon âme enfantine,
Sans pouvoir toutefois proférer des aveux ;
Arraché de ce sol sans avoir pris racine,
Camille n'était plus.......l'ange priait pour eux !

Il priait ardemment pour ce vieux fonctionnaire
Qui n'a plus aujourd'hui que quelques cheveux blancs ;
Après avoir rempli noblement sa carrière,
Qui lègue son exemple à suivre à ses enfants ;

Au creuset des douleurs la conscience s'épure :
Il l'admire d'en haut, ce vaillant serviteur,

Auquel le mal ne peut arracher un murmure,
Reportant ses regards sur la croix du Sauveur.

C'est lui qui veut changer sa couronne d'épine
Pour le rameau glorieux qu'il a si bien conquis ;
Il réclame l'honneur d'une élection divine
Pour accueillir son âme au seuil du paradis.

Et ce rôle touchant qu'avec respect on nomme,
Cet amour maternel dans son immensité,
Qui ne marchande pas les faveurs qu'il consomme,
Il enviait le sort de ceux qui l'ont goûté ;

Il admirait aussi cette sœur dévouée,
Modèle si parfait de la résignation,
Qui pour l'amour des siens s'est toujours dépensée,
Pour laquelle mon cœur déborde d'affection.

Pour toi qui m'as suivi de cinq ans sur la terre,
Je viens te consoler de mots affectueux.
La vie est un combat, c'est un lieu de misère,
Mais il est pour le juste un séjour plus heureux.

LE CROYANT.

Toi que je n'ai pas vu,
Mon pauvre petit frère,
Je t'aurais reconnu
A ton accent sincère.
Tu n'avais que huit mois
Quand la mort vint te prendre ;
Une petite croix
Reposait sur ta cendre,

Montrant à tous les yeux
Que la sainte phalange,
Dans le plus haut des cieux,
S'augmentait d'un autre ange !
Tu ne connus jamais
La tristesse profonde.
Qui suit toujours de près
Les plaisirs de ce monde.
Tu ne connus jamais
La sombre jalousie
Ni les iniquités
Dont notre âme est ternie ;
Des fades intrigants
Les démarches vulgaires
A tes pas innocents
Restèrent étrangères !
Aussi le Dieu d'amour
A pris ton âme pure,
Lui donnant pour atour
La plus riche parure !
Sois content de ton sort,
Il est digne d'envie ;
Dans les bras de la mort
Tu retrouvas la vie.
Mais nous qui ne voyons
Que le dessus des choses,
Parfois nous te plaignons
Dans nos larmes sans causes !
Fleur éclose un matin,
Brillante, épanouie,
Et qu'un coup de destin

Vers le soir a' flétrie !
Flétrie est-ce le mot ?
Non, la gloire est moins vaine,
Moins trompeuse là-haut,
La grâce est plus sereine !
Bercé sur les genoux
De notre tendre mère,
Tu reviens parmi nous,
Merci mon petit frère !

Adieu : je vais rentrer, la nuit tombe, il est tard...
Mais que vois-je dans l'ombre ? Un austère vieillard
Qui s'avance vers moi, plein de mélancolie ;
Ses traits sont allongés, sa face est amaigrie ;
Il paraît secouer la poudre des tombeaux.
J'ai peur... un froid mortel vient me glacer les os !

LA MUSE.

Jeune homme, que ton chant se voile de tristesse,
Il ne me faut ce soir que de plaintifs accords ;
La nature est en deuil, l'heure de la détresse
A sonné dans les airs ; chante l'hymne des morts !

Là-bas sont des concerts et des clameurs sans nombre :
C'est le monde, la vie avec ses illusions,
Mais ici c'est la mort, la mort assise à l'ombre
De ces mornes cyprès, fruits de désolations !

Tous les siècles y sont, tous les âges y viennent
Dans ces lieux attristés, la terreur des vivants ;
Partout le deuil navrant... et les marbres comprennent
Depuis l'humble sujet jusques aux conquérants !

Moi, je suis un vieillard, j'ai fini ma carrière,
Mais à côté de moi sont des adolescents,
Et tous, nous réclamons cette rançon dernière,
Le souvenir de ceux qui furent nos parents !

Ah ! les morts durent peu ! bien vite on les oublie
Tous, nous sommes pourtant soumis aux mêmes lois.
Jeune homme, tu connais l'histoire de ma vie,
J'ai posé sur ton front mes lèvres autrefois !

    Assez, je dois me taire,
    J'ai le ton trop sévère,
    Il faut aux jeunes gens
    Des mots plus consolants !
    J'ai pour moi l'expérience
    D'une longue existence ;
    Puissent ses fruits amers
    Avoir un jour leur rôle,
    Etre une bonne école
    A ceux qui me sont chers !
    Mon fils, daigne me croire,
    Ne cherche pas la gloire,
    Son éclat est trompeur ;
    C'est une ombre qui passe,
    Un seul point dans l'espace :
    Là, n'est pas le bonheur !
    On peut tout à ton âge,
    Travaille avec courage ;
    C'est la loi des mortels ;
    Des regrets éternels
    Suivent l'indifférence.

> Jusqu'ici la souffrance
> Semble t'appartenir,
> Mais si Dieu t'a privé des clartés de l'aurore,
> Midi n'a pas sonné, le soir est loin encore,
> Espère en l'avenir !

LE CROYANT.

Ai-je bien entendu ? Cette voix me rappelle
L'époque où je n'étais qu'un tout petit enfant,
On me disait alors, chaque saison nouvelle :
« Nous allons voir grand'père, » et moi j'étais content !

Et nous portions nos pas vers un petit village
Sis auprès de Margaux, dont on parle au lointain,
Où vivait bon papa sur le déclin de l'âge,
Vétéran de l'Empire, intrépide marin.

Il vivait désormais à l'abri de l'orage :
Ce repos contrastait avec ses jeunes ans.
Telle la haute mer où le calme surnage
Fait douter qu'elle soit sujette aux ouragans !

Certe, il n'eût pas brillé, l'officier de marine,
Dans les riches quartiers du centre de Paris ;
Pour fixer l'attention boulevard Capucine,
Il faut des gants gris-perle ou des chevaux de prix ;

Il faut connaître l'art de tomber en extase
Devant les lieux communs des coquettes du jour,
Faire des madrigaux, arrondir une phrase,
Et vider au fleuret les querelles d'amour !

Et lui, partit bien jeune, engagé volontaire,
Ebloui du renom de ce Corse hautain,
Et courut bravement les hasards de la guerre
Sous l'homme qui donnait des ordres au destin !

Son regard s'animait au seul nom de la France,
Mais les lois de la mode il ne les savait pas ;
Il trouvait qu'un habit ou qu'un chapeau *Régence*
Etait moins élégant qu'une blessure au bras.

Et pourtant il n'eût pas de bonheur, mon grand'père ;
L'aiguillon du revers vint le frapper au cœur,
Retenu si longtemps captif en Angleterre,
Il revint épuisé, miné par la douleur !

La haine des Anglais débordait de son âme,
Le fort de *Portchester* était son cauchemar ;
Il avait tant souffert dans cette tour infâme
Où tant de nobles cœurs ont trouvé leur *Clamart !*

. . . .

. . . .

L'aigle du pont d'Arcole était à Sainte-Hélène ;
L'histoire à ce forfait n'a pas donné de nom.
Le prisonnier du fort brisait alors sa chaine
En lançant aux Anglais le mot de trahison !

L'olivier étendait ses rameaux sur le monde,
Après vingt ans de deuil, vingt ans d'agitation ;
Assis au coin du feu, dans une paix profonde,
Le soir pour le vieillard c'est l'heure d'expansion !
Lui, le jugeait ainsi : sa mémoire féconde
Nous faisait voyager, en cours de narration,
Des flots de l'Océan, aux brouillards d'Albion !

Là, c'était l'abordage et ses cris de furie,
Ailleurs, le chant de gloire au milieu de l'action,
Un secret confié sur la terre ennemie,
Sous un œil vigilant un projet d'évasion,
Un soupir recueilli d'élan vers la patrie,
Le tout narré sans fard et sans forfanterie ;
C'était de loin en loin des sièges, des combats
Et, ce que j'aime tant, des bons mots de soldats !

J'étais bien jeune alors : il ne me souvient guère
De ses récits ; pourtant j'ai retenu par cœur
Qu'il aimait son pays comme on aime une mère,
Et qu'il eût été fier, de monter le *Vengeur !!*

Votre bon souvenir me touche, mon grand'père,
Et je veux aujourd'hui vous en remercier.
A vos revers je prends une part bien sincère,
En état maintenant de les apprécier.

Merci pour vos conseils, merci pour l'espérance
Que vous avez voulu faire naître en mon cœur !
Memento ! c'est le cri de la reconnaissance
Qui vibre puissamment chez un homme d'honneur !
. . . .

. . . .

Le silence se fait... Vers sa couche glacée
Chaque défunt revient pour en franchir le seuil ;
J'aperçois vaguement dans la foule pressée
D'autres noms vénérés sur le bord du cercueil !

Ici c'est un cousin que la mer revendique
Comme un des plus fervents de ses explorateurs,

Et là d'autres parents au renom sympathique,
Tous ayant déjà fait répandre bien des pleurs !!

Hélas ! c'est le destin : l'arbre de la famille
Chaque jour à ses pieds voit un rameau de plus ;
Les épis mûrs ou non tombent sous la faucille,
Et quand l'heure a sonné les pleurs sont superflus !

Nous formons à nous tous les anneaux d'une chaîne
Qui se rompt tour à tour,
Mais nous avons l'espoir, après la vie humaine,
De nous revoir un jour !

LA MUSE.

Jeune homme, que ton chant se voile de tristesse,
Il ne me faut ce soir que de plaintifs accords ;
La nature est en deuil, l'heure de la détresse
A sonné dans les airs ; chante l'hymne des morts !

LE CROYANT.

Memento ! Souviens-toi ! Quand l'âme est désolée,
Elle cherche toujours un refuge au saint lieu,
Prions !... oh ! la prière au bord d'un mausolée
Est le plus pur encens qu'on puisse offrir à Dieu !

ALBERT BONNET.

Soussans, Novembre 1874.

Imp. Adrien Boussin.